subei

自愛是

素黑

知出版

目錄

自愛是

修養是

大愛是

自愛是

01 自愛是，最大的愛情

愛的第一步，是自愛。

有人自覺已很愛自己，有人不願意，坦然想放棄自己。

我們都不知道怎麼愛自己，怎樣才算自愛。

自愛，是生命原動力，像吃飯呼吸一樣自然和重要。

偏偏我們失去自愛的本能，寧願將責任交給第三者，希望透過別人愛自己。

原來是你對自己最不負責任，卻要人家向你負責任，豈不可笑？

有人誤當自愛為自私，這是華人對「愛」的道德壓抑。

英語世界裏，「愛」可以說得很隨便，是社交禮儀，欠一點深度；中文世界裏，「愛」卻背負太多道德責任和承擔，變成沉重的壓力。

我們愛別人愛得很沉重，愛自己愛得很壓抑，質疑是否太自私，最終甚麼人都愛不成。

不要從尋找定義去理解自愛是甚麼，當你知道自愛是甚麼時，你便以為已經懂了，不再行動，這是天大的思想陷阱。

自愛，不是想法，而是最踏實和具體不過的作息活動。

自愛，不是要承擔甚麼，反而要懂得放下：放下面子，放下亂想，不問理由地先強壯身體，回歸生活，活好每一刻，這是肯定生命的基礎。

自愛，是對自己的承諾，無論發生甚麼事，都對自己不離不棄。

自愛，原是最大的愛情。

很少人能真正自愛。

自愛難，既無法放下自己的執着，又容不下別人，難以做到豁達和自如。

人傾向懶惰，推卸自愛的責任，要求別人去愛你，產生親情和愛情的需求與悲劇。

自愛的人不乞求被愛，反而樂於向別人分享愛。

自愛的人平易近人，叫人喜歡親近，散發自在的愛的感染力。

自愛的人願意愛自己，有能力去愛和被愛，不會等待別人施捨愛。

02 自愛是，不落自私或自戀

自愛，是願意和準備好對自己負責任，不放棄。

自愛，重視自省和責任。

自愛不是自私。

自私的人很自我，不懂得愛，無法與人同情共感。

自私的人太在乎自己，嚴以待人，縱容自己，容易忽略別人的感受。

自私的人，天下最孤獨。

自私，是包庇自己，剝削和苛求別人，利用別人成全和遷就自己。

自愛不是自戀。

自戀，是放縱自己，包庇和維護自己的缺點，原諒自己的一切，無視別人的感受。

自愛的人散發愛，分享愛。

自私的人要求愛，剝削愛。

自戀的人封閉愛，無視愛。

我們容易分不清楚自己和對方的愛，是自愛、自私還是自戀，是否錯愛。

我們不清楚自己是否愛錯了對象，和愛人合不來，是否因為某方太自私或自戀。

或者我們只知道不夠自愛，卻沒看透原來是自己太自私，或者自戀到拒絕去愛。

只有願意和已進入自愛的人，才懂得檢閱有沒有錯愛，是否活在愛之中。

03. 自愛是，需要在關係裏體現

我們不能抽象地談愛。

先看別人需要甚麼，關注和照顧別人的感受，也看自己需要甚麼。

這是愛，也是自愛，卻不止於自愛。

愛，需要在關係裏體現，自愛也是。

愛，不是為滿足你想得到的東西的工具，必須尊重它。

太多愛，帶着強烈的目的性，只為滿足自己的慾望。

不是必須先懂得愛自己，才能愛別人，兩者沒有必然的先後次序。

愛自己和愛別人，應該同步修行，步伐有快慢。

有時需要先愛自己，有時也可以透過愛別人來學習愛自己。

我們永遠在學習中，學習自愛和他愛。

學習愛別人，令你看清楚原來還未夠自愛。

要愛別人，應該先愛好自己，好像工作前要先吃飯，不然沒力氣。沒有這個燃料，愛便是無力。愛的基本功，是必須要自愛。

如果你說「我很愛你，但是我不愛自己」，你並不誠實，不知道自己在說甚麼。

自愛的同時，也可以去愛別人，彼此一起學習，哪怕跌倒了，受傷了，傷害了別人也沒關係，從實際困難和挫敗中，學習處理和善後，得到教訓，愛自能成長。

04 自愛是，不等別人先愛你

人不快樂，因為不想「一個人」。

有人希望被視為朋友的中心，總覺得被背棄朋友，剩下一個人逛街，一個人悲傷。

有人工作不理想，埋怨身邊沒異性同事，很難從中結交伴侶，羨慕其他女同事可以在男同事群中撒嬌裝蒜，惹人憐愛。

有人自覺不幸，年過三十沒有伴侶，很想談戀愛，卻苦無機會。自問樣子並不醜，拍過拖又散了，對方感到很窒息，不明白自己錯在哪裏，很想有被愛的感覺。

有人看上一個男生，他卻跟另一個女生好。她不甘心，因為她倆是同時認識他的，結果沒有被選中，慨歎能不認命嗎？

我們都覺得，不是不想愛自己，只是沒有人給自己機會，誰都放棄自己。

沒有人愛自己，哪有自愛的力量？

當身邊的人不理自己時，生命還有價值嗎？

這些問題，都是思想的陷阱。

愛自己是為甚麼？

若必須先有人愛你，才有自愛的動力，那麼，大部分人都無法愛自己。

當意識到需要自愛的時刻，可能偏偏正是不被接受，不被愛，甚至被遺棄的當下，令自強和自愛，變成自我拯救的最後本錢。

因為沒有人愛自己，所以更要愛自己，這是最容易產生自愛意識的心理場景。

自愛其實可以更純粹，更自足，毋須等待別人先愛你，或者先放棄。

在愛的經驗中痛苦，是因為帶着要求和條件，沒有不問為何，完全投入，純粹地去愛；所以，很少人能真正享受愛帶給生命的強大喜悅。

自愛，應該是無條件的，正如父母應該無條件地愛孩子一樣，這是天職。

自愛，要是變得無私、無求，便會感到內心的平安，不再需要等待別人去愛你，因為你已活在愛之中。

自愛，毋須先被愛。

愛自己的人，臉上散發的光芒騙不了人，活在平靜、淡定、喜悅中，絕少埋怨，鮮有不滿，沒有太多話需要澄清、說清楚，內心是一片寧靜而有力量的海。

自愛的人是平和的，等待被愛的人是焦慮的。

能自愛便能被愛，愛會自然地發生，強求不來。

愛情、婚姻、工作上的困擾都是假問題，或者是次等問題，最根本的問題永遠源於自身。是你跟自己相處不好，不懂得保護、照顧和愛自己，胡亂建立關係，貪奪愛，製造痛苦，回憶頓成殺手。

當人生路已走過不少段落，歲月不饒人，還不好好面對自己，寵愛自己多一點的話，你還要等到何時何年呢？

歲月等得了，人卻等不了。

別問誰來愛我。

戀愛是一個階段，婚姻是一個階段，愛自己卻是永恆階段，一生一世，一人享受和承擔。

當你還未學懂如何接收愛，甚至認不出愛，不知道愛從來環繞在身邊時，哪有餘地容人容己，讓人愛你？

我們不是得不到愛，只是錯過了。

你說因為傷痛過，回憶都是苦，所以很難去愛充滿痛苦回憶的自己。假如回憶都是壞東西，活着還有甚麼趣味和意義？

把回憶當成人生全部的擁有，教人最痛苦也最貧窮。

忘記回憶是不可能的，但我們可以正面一點，轉化回憶，變成當下活着的力量，推動向前進步的能源。譬如因為曾經痛過，現在更珍惜快樂，愛惜自己。

每個人都有過去，回憶能讓現在的生命微笑，才算沒有白活過。

我們活得累了，失去方向，死命抓住愛情、名分和關係，不是因為愛情本身有問題，也不是生命本身有問題，而是我們沒有好好為自己留氣，在亂七八糟的關係裏累壞了，浪費心力，不捨得抽身，流失安全感。

偏偏安全感這東西，不可能從外在獲取，得靠自己建立。

能自愛，照顧好自己，已經很安全。

05 自愛是，不否定自己

自愛的第一步，是懂得適時篩掉負面的思想和感覺，鞏固正面的想法和心情。

我們總被無辜地否定和判斷，不被接納，不知還活下去幹嘛。

但你並不可憐。

最卑微的人也有活着的價值，沒有人能真正認識你，了解你。

你被否定，跟你的內在價值無關。你毋須認同別人，做否定自己的幫兇。

連你也在自己身上找錯處，踩一腳的話，你也中了歪想的圈套，把自己構想成是敵人。

當人自信不足時，會迷信自己的思想，執着別人的評價。

沒有人有資格判斷你。

人的思想，大部分是互相感染的負面內容，你毋須認同它。

你有其他空間和智慧去想別的，做別的，分散沉溺的歪念。

人生是一個學習篩選所要和不要，更新自己的磨練道場。

別否定自己，你能主導自己的價值，調校自己的命脈。

06 自愛是，愛好自己的性別

生命中，關係裏，感情上，我們都有不少難關要渡過。

能從經年的悲愴和絕望困局中跳脱出來，委實不容易。

有人説，女人要過的難關比男人多，做女人比男人更艱難，這是女人藉故自憐的謬想。

難關是生命中必經之路，不分性別。

女人感到壓力大，沒有安全感，容易感情失向，愛得很苦，是因為過分執着感情，製造過多焦慮，需要一個可依靠的戀人。尋尋覓覓，埋怨際遇，愛到迷失絕望，失去自己，耗損了青春，活壞了情緒和身體。

她們卻忘記了問一個重要和首要的問題：應該如何好好愛自己？

希望能被愛，從來不是等待愛人的出現，而是先從自愛開始，強壯自己能去愛的力量。

女人最美的時候，不是在戀愛中，不是生育時，而是擁有深深去愛自己的自信。

當女人能決心放下痛苦，拾回失落的自己，願意好好愛自己時，她才能被愛，愛便出現了。

說相愛難，自愛更難，只是因為你不能借另一個人逃避面對自己。

愛，從來需要勇氣。相愛如是，自愛如是。

自愛，是愛好自己的性別。只有每個性別做好自己，兩性才好相處，相親相愛。

07

自愛是，遠觀你自己

我們都沒有好好看過自己，卻花掉不少精神查看別人：看伴侶的秘密，看上司的心意，看同事的嘴臉，看情人的反應，看子女的成績，看家人的要求，看朋友對你的評價，時刻看看看。

我們活在別人的世界裏，忘記看自己，不敢看自己，甚至羞於看自己。

我們很怕面對自己。

近距離面對自己，站在鏡前，你只看臉上的妝化成怎樣，黑斑褪了沒，頭髮弄好了沒，看罷便匆匆離場，生怕不慎窺看到比外表更懂騙人的內心。你其實害怕看穿你自己。

看穿自己的內心，跟愛自己一樣，需要很大的勇氣。

不接受自己，怎能愛自己？

假如你懂得把自己的嫉妒抽出來，放到另一個人的眼神和臉色上看過去，你馬上明白甚麼是小心眼，甚麼叫做小女人、小家種。

假如你懂得把慈愛的心抽出來，放在另一個人身上看過去，你馬上發現，原來自己根本毋須自卑沒自信，你有你的美麗，你的存在有價值。

適當地跟自己分開，找個替身遙遠觀看自己，你會發現自己一直活得很傻很執着。

因為你和自己太黏身，不曉得分身的樂趣。

人生戲一場，演員有自身的限制，有時需要借替身完成任務。

替身的功能，正是讓人演好演不好的，看另一個自己，同時休息，儲備能量，把角色演到最好。

要看到自己的缺點，也要同時看到自己的美麗，平衡地觀察和關愛自己，讓替身幫你愛自己，活得更棒。

當你不再是自己，更能看清你自己。不識廬山真面目，只緣身在此山中。

都說，遠觀的都較美麗。

08 自愛是，善待你自己

也許你曾試過照鏡子時突然心一抽，紅了眼想哭出來，人不像人的樣子，原來一直對自己那麼差勁。

半生營營役役，驀然回首，驚訝樣子殘了，全身疼痛，身心衰老。理想沒了，夢早衰了，嘲笑夢想多荒謬，一下子失掉靈魂。老人心態多可怕。

你對自己不滿了，可你究竟想活成怎樣？

活得營營役役叫人疲累也迷失，活得簡單純樸說時容易，做時又難放下物質和心癮慣性。兩種生活方式，都很難。

活得簡單純樸固然好，疲累迷失也是一種生活經歷。

希望活出自我，閉上眼感受身邊的一絲一毫，感受生命的恬靜，是自愛的嚮往。

活着，要親身經歷、感受和享受。能量正氣的話，便可以分享，讓身邊的人感受生命的光亮。

要接近自己，更愛自己，重整生命動力，須從生活作息開始，別從道理上轉呀轉。

明白做人道理，快樂的道理，可以讓腦袋得到暫時的滿足，可是在生活和關係的血肉前，哲學和道理都不管用。

人迷失和受困，正是因為無法靠道理來降服際遇的刁難。

別活在道理上，要活在現實裏，在生活中善待自己。

道理是真的，可真得不夠力量。知道道理，並不保證令人活得更舒服、更愉快。

再困惑也要休息，再無助也要放下，一點一滴地善待自己，照顧自己，遠比耗損心力去處理你根本照顧不來的問題有意義。

不管際遇和心情如何，我們有責任先吃好一頓飯，睡好一個覺，打點自己，執拾自己。

活着就是幹活，活好每一天、每一刻，在生活
細節裏。

愛護生活上的每一步。吃飯時尊重食物，感謝
為食物背後勞動過的人。每天鏡子前對自己微
笑三次。睡覺前感謝今天的一切。無論發生甚
麼，先善待自己。

自愛是，學習和自己相處

想改善人際溝通關係嗎？學習技巧、注意細節是第二步要做的事。第一步，是學習先和自己相處。

優質的交流，應該是靜默的交感，感應自己和對方的內心是否水乳交融，不費勁地交換和享受彼此靠近的剎那，不迷執於你是否明白我所說、我是否明白他所想。

先學習感受自己的內心。

自己像魚，內心像水，如魚得水能不能暢泳，感覺是否舒泰，是感受愛的關鍵。

獨處時能感受愛，被自己的存在和寧靜感動。假如你還沒有經歷過，很難透過外在的人或事感受愛。

先感動自己，愛才真正出現。

可我們都不懂得如何和自己交感，無時無刻為其他人事奔波勞累，忘記了照顧自己。

一天內，大部分時間是否都在想着他、想着賺錢、股市表現、財產數字、孩子的事、家用的事、交租的事、還債的事、減肥的事、第三者的事……

一天內，有沒有停下來，預留一段完全屬於自己、不理會任何人事的時間？譬如給自己一小時，靜靜一個人，不接電話不上網，聽自己喜歡的音樂，專注地做運動，做自己喜歡的事，一個人享受獨處的時光？

哪有時間？哪有心情？很忙啊！害怕一個人，要找人陪啊！難怪，你無時不活在焦慮、恐懼、擔憂、困擾中，等待別人改變你的生活，等待奇蹟改變你的命運。

你患得患失，擔心失去愛、失去一切，虛耗精力在外邊，忘記了為自己預留能量。

好好學習和自己相處。

每天留給自己獨處的時刻，打開感觀，了解和發掘自己真正的需要。

不用刻意去做甚麼，靜靜地坐着，打開耳朵享受萬籟有聲的奇妙，細看草木生長的喜悦，即使哪裏也不去，光是留在家中，睡覺前播放舒服的純音樂，閉目養神十五分鐘，已經能昇華心靈。

要養成獨處的習慣，必須停止工作片刻，讓心靈放飛、出走，讓心神處於完全閒置的狀態，不再緊張，不再擔心，感受沒有挑戰、比較、傷害、趕工、埋怨、否定、悲傷、遷怒、不幸、絕望的純粹零度狀態。

純粹地享受、放鬆和放假。這樣自愛，夠好了。

10 自愛是，與孤獨同行

很多人都不了解孤獨。

白天有影子，黑夜有孤獨，這是最自然不過的存活現象。

孤獨是美好的。沒有孤獨，你不可能擁有內心世界，不可能體驗私密情感，不可能保持獨立、獨特和自由。

孤獨讓人活得屬於自己，不因仿傚或依賴別人而失去自己。

有人抗拒孤獨，其實他們搞錯了，他們抗拒的，是寂寞。

孤獨是中性的，讓人面對自己，變得敏感，精神狀態集中起來，對當下的情緒反應變得敏銳，看到原來自己在焦慮，在等待，在窩心，在愛誰。

孤獨是存在的鏡子，因為孤獨，內心世界才能浮現。

人在孤獨時可以開放，也可以自閉。

孤獨是喜是悲，是融入是抽離，要看你選擇甚麼心態。

寂寞，是孤獨時所感受到其中一種最強烈的情緒狀態，但不是唯一。

寂寞，是抗拒自己，想逃避和退縮卻難耐的虛空感。

因為寂寞感覺多在孤獨時出現，所以誤以為寂寞是因為孤獨而來。

空虛難耐，不一定在孤獨時候，可能更多出現在和別人難以溝通或暢懷表白的共處時候，跟孤獨無關。話不投契，情緣不再，比剩下自己一人時更寂寞難耐。

孤獨，可以是一種享受，在心裏開花、微笑，只要你讓孤獨與自愛同行。

自愛的人，會感謝孤獨為自己帶來的方便，更能自由自在地活出自己，享受生命，分享快樂，更懂得愛。

孤獨，是懂得獨處。能做回自己，安於社群的人，都懂得拉濶自己孤獨的空間，多留時間和空間給自己思考、休息、發揮和感受。

孤獨，是通往靜心的時光隧道。

每天預留一段完全屬於自己的時光，這是很多人都忘記的養生快樂之道。

孤獨，原是給自己最好不過的回春禮物。

11 自愛是，富足如太陽

當我們放鬆自己，或者放下一切回歸自己時，會觸動到內心最溫柔的愛的能量。

身體在充滿能量時，會自然感動，因為愛在回應你，像愛人一樣親吻你、擁抱你，讓你感到存在的幸福。

這是非常自然的、自愛的力量。

自愛，是可以愛到把心也溶掉。

這是自愛的熱能。

每個人都擁有像大地孕育生命一樣博大的內在資源，只要返回自身，抓緊這些資源，我們將變得很富有，不再執着付出，不再介意別人的錯，得不到愛。

愛，應該像太陽的能量一樣，源源不絕。

我們原來便很富足，還需要甚麼、怕失去甚麼嗎？

心一直支持着我們的生命，無條件地為我們運作、修補和療傷。學懂釋放、付出、放手，心胸便會打開，心眼便會張開，看到人世間最寶貴的價值。

感覺可以很脆弱，愛卻是堅定不移的深邃。

別做愛的乞丐，要做愛的太陽。

能付出是幸福的，能享受付出更幸福，你將感到內在的充盈，不再容易受傷，不害怕孤獨。

要打開愛的心胸，先學懂感謝。

感謝身邊出現和消失的人，一直默默為我們的生命服務，哪怕是列車車長、清潔工人、運報工人、養育你的父母、不離不棄包容你諸多缺點的愛人，或者不知何時出現的愛情。

還有我們的身體，一生一世付出的器官、年中無休的血液、每組支持你平靜和激動的肌肉。

讓愛的太陽照遍全身，溫柔地溶進內心。

12 自愛是，承認你不是完人

我們都想做好人，正因為我們都不夠好。

我們無時無刻都軟弱，正邪想法轉呀轉，需要修心養性，才有能力去愛，行善和付出。

別以為你已經很尊重別人，不再傷害人，不想受傷害，對得起自己和別人。

人心太貪，意志太簿弱，情緒爆發很傷人，你卻覺得已經很努力，為自己和別人付出了很多，只是別人不諒解，是別人的心胸狹窄，別人的甚麼甚麼。

難怪我們得不到平靜，破壞了關係，無法平息人與人之間的磨擦和不滿，活在互相猜度和否定的關係裏，活壞了心胸。

我們都渴望能靠近能量正面和純粹的人，借他們的力量感染自己，那麼希望能找到上帝或高人點化自己，讓平凡變成神聖的體驗。

可是人只是人，找到了，便容易依賴，依賴了，便容易墮落，像返回母體一樣的安全，不再想長大，懶得提升自己。

難怪我們付出得那麼累，愛得那麼脆弱。

自愛，是要承認自己不是完人，不是全天候的好人，不夠獨立，需要依靠更好的人。

自愛，是管理自己的貪慾，打開心胸體諒別人，同時學習抽離關係，保持遠一點的距離。

自愛，是懂得為自己保留孤獨能量，避免依賴和背負別人的生命，才能儲備自愛和他愛的愛能量。

13. 自愛是，別跟自己過不去

天氣可能是鬧情緒的原因，卻不是藉口。

我們知道心怎樣想，世界便變成怎樣，自己才是一切發生的導演和編劇。

到海邊去，極目一望無際的大海，讓自己與天相連，融合一起。閉上眼睛感受海藍透心涼，風飄來的海水味道，突然感到變輕了，自己只不過是海裏一水點，微不足道，出現和消失也不會地動山搖。

原來自己是那麼渺小，把一切想得太沉重，只有自己在欺騙自己。

此時此刻，海闊天空，甚麼都過去了，想開一點，別跟自己過不去。

我們一直跟自己作對，難以做到不再計較，悠然自得。

人有很多限制，不妨借助大自然強大無私的能量，重振對生命的激情。

心沉睡和硬化，便會麻木不仁。心一旦軟化，心眼便會敞開，心態會改變，世界也會改變。

曾經介意、放不下的種種緣與孽，頓即幻化煙消。

人生，不過如此。

你覺得好孤單、好累，家人無能力照顧你，反而需要你照顧。

堅強的背後，又是自卑又是軟弱，只是環境和現實條件，不容許自己扮演弱者的角色而已。堅強不過是被逼出來的假象。

一直渴求的，不過是被愛和照顧，這不是最基本的權利嗎？可惜從來不曾發生在自己身上。

你質疑是否沒福分享受被愛，或者，是自己太過堅強嚇怕了別人。

你質疑為何一直需要愛，卻遇上不懂得愛你的人，每次遇到人生跌宕時，都要靠自己去學習和自我提升才能挺過去，為何要活得那麼孤單那麼累。

這些質疑是沒有答案的，若有答案，也不過是偏激和負面的結論，不會帶來正向的啟迪。

假如你問卜，答案是你真的不幸，只能自己一個人撐下去的話，這不是迷信是甚麼？問過比沒有問更令自己沮喪，想放棄。

消極心態並不能轉運。

你若是堅強，不可能為了改變命運而假裝軟弱，博取同情和憐憫，你會瞧不起這樣的自己。

你遇不到能照顧你的人，並不等同你須要變得低能來吸引想照顧你的人。

你是你，你不能改變自己遷就誰，這個改裝過的你不是你，你會活得更辛苦，自我放逐，不可能感到幸福。

能遇到誰是緣分，是由很多內外條件，配合天時地利人和拼湊而成的結果，可遇不可求。

我們能做的不是改變自己迎合誰，而是在最痛最累的時候，更要加倍愛自己。

這是對痛最寬容的療癒，對愛最堅定的信念。

15 自愛是，從潔身開始

自愛很具體，從最基本的作息開始，重組能量，調校情緒。

自愛，是從自家出發，清理自己。

自愛，是可以隨時開始，重新做人。

自愛，是從清潔家居開始，不是先去靜心或坐禪。

做好家務，打理好生活的本分，修整自己的身體，清理好家居環境，你才會發生徹頭徹尾的正面變化。

不管你的問題是甚麼，都需要先看看自己活成怎樣，每天的作息是怎樣。

每一個微不足道的恆常活動，都是奠定你是誰、活成怎樣的基礎。微觀自己的生活，才能重新發現自己。

問題通常都發生在堵塞裏，不是因為你欠缺了甚麼，而是因為長期沒有清理堆積、變質、發霉、變得多餘的自作業。

要清理一段堵塞的感情關係，打通和釋放封閉的自己，也是從最基本的日常清理展開。

馬上把廚房堆積的髒碗筷洗乾淨、放置好；馬上清潔和整理冰箱，把過期、變壞、遺忘的食物拿出來處理；馬上從掃地開始，清理灰塵和垃圾。

讓不該堆積的得到放生和解脱，不再無辜地擠擁在本來身無一物的生命裏，回歸爽淨。

這種愛，叫潔身自愛。

不願意做家務的人，大多沒條理，欠缺承擔感，責任感和安全感，潛意識裏抗拒面對自己，迴避成長，害怕生命前進的滾輪。

堆積令人懶惰，不思進取。

清理，需要承認和承擔過去，為現在和未來留餘地，更生自己。

當你變得清澈通透，始能體會毋須隱藏、正大光明的生命，原來可以是這般爽然與輕柔。

別小看一杯水。

你天天無意識地喝水，就像忽略身邊最親的人一樣，他們原是你生命中最重要的寶。

説願意愛一個人，請具體，當愛脱離了現實生活如喝好一杯水時，你所説的愛便是輕浮，不切實際，不過是想出來的浪漫，風一吹便飄走。

水是生命最重要的元素之一，佔據人的身體百分之七十以上的成分。身體比甚麼都現實。若能處理好你和水之間的關係，可以説已處理好七成的人生，掌握自己七成的命脈。

很多人瞧不起平凡的水，覺得平淡如不再交談的老夫老妻，提不起激情的勁。

有些人整天不沾一滴清水，只喝化學飲料。這些人，偏偏是控訴際遇不好，得不到愛的自命受害者。

喝水是一種修養。

要重整人生，處理好眼前的問題，可以從學習喝好一杯水開始。

喝水的修養，正如傳統的修心之道，從喝好一杯茶開始一樣，發展出茶道和茶禪。

一個隨便把水倒進口裏的人，品味能力一定低，沒有從水的淡然中細品它的清純，讓這份清純融進身體每一個細胞裏，與血脈相連。

喝好一口水，就像專注地淨化身體一樣，讓這一口水，溫柔地流過變得黏稠的血管，打通內外的閉塞，你才準備好打通思想和視野的淤塞，做個開放的人。

晨早起來的第一杯水叫「救命水」，是替體內洗澡的水，把一夜代謝後的垃圾排出。

水是生命的基本源頭，對水好，便是對生命好。

別浪費，用好它。喝好一杯水，慢慢喝，細品嚐，像品茶那樣去品水。能品嚐最簡單的水，自能品味人生。

自愛，可以說是學習對自己身體裏的水好一點。

身體和水的關係不夠好，內心沒有打開，欠缺水潤，你會亂發脾氣，容易狂怒，變成海嘯，不懂溫柔。

安靜時，你不會大口大口地喝水，你會放慢速度，細細品嚐。大口喝水的人，活得很粗心。

仔細地喝好一杯水，讓自己變得細心，便知道自己和別人需要甚麼，欠缺甚麼。

沒有必然的受害者，也沒有必然的傷害。

自愛是愛到放下自我，對自己不離不棄。

自己是愛最長久的對象，沒有愛比自愛更遲死。

尋求他愛是藉口，自愛才是出口。

別跟自己過不去。

而是自我分裂，不懂自愛的結果。

我們的不完整不是因為失落了另一半，

你是自己的主人，毋須乞求愛。

人最大的心病不是被否定或離棄，而是否定自己。

愛是個人的修行，由自愛開始。

我們經常把愛趕走，然後埋怨愛沒出現過。

勇敢自愛的人會向前走，為自己療傷。

活在過去的人會執着傷痛，

最卑微的人也有活着的價值，

沒有人能真正認識你，了解你，

你被否定跟你的內在價值無關，

你毋須認同別人，做否定自己的幫兇。

因為只能怪自己，不再有推卸責任的藉口。

愛很難，愛自己更難，

學習說不，學習擺脫說再見，學習狠心不回頭。

先走好自己的步伐，才有餘地看到同步者的足跡。

自愛不是想法，而是最踏實不過的作息活動。

你以為自己很自愛，其實可以很自私。

包括不愛自己的人，和不愛自己的心態。

狠心離開傷害自己的一切源頭，

修養足

01 修養是，好好調整自己

自愛是一種修養，從最具體的作息生活和調理身體開始。

應該怎樣協調、調整自己，是需要學習的。

愛自己，需要學習調校自己，這是進入修養自己的過程，需要一邊修，一邊養。

修，是進修（學習）、修理、修補。調校自己就是學習照顧自己，修補自己。

修，是很具體的程序，是學習處理混亂，照顧和尊重自己及別人。

修，是學習閱檢自己，管理自我，好好處理因為混亂、貪慾、懶惰和情緒等問題而令身體、心理和心靈產生的不順暢。

修，是清理積壓、隱藏、累積的雜念、心結和負能量，懂得拒絕認同、關心或附和它們，以免不自覺地複製大量垃圾，和相同負面振頻的人互相傳染負能量。

養，是滋養，是培養，是每時每刻，一點一滴地去培育細膩的心和微調細節，讓原本粗心的自己變得更細心、更敏感、更溫柔。

養，需要浸淫，需要時間，需要花一生去投入，這是一生的投資，沒有完成期，只有持續期，和保育期。

養，是養成滋養的心態，你便不會感到負擔，反而活在淡淡的幸福中，願意活在無時無刻的修養中，活在揮灑的自愛內，不感到辛苦、壓抑、委屈、犧牲或負擔。

若真心想自愛、修養愛，須要願意接受自愛和修養的核心原則，才能踏入修養自己的學習路，檢閱、清理、調校和管理自己。

自愛的核心原則，是要答應自己，無論發生甚麼，也對自己不離不棄，不找任何藉口終止自愛。這世上除了自己外，沒有其他人能真的對你不離不棄，愛到死為止。

要熱愛生命，尊重生命，分享愛。我們紮根地球，與地球的振頻共振，愛地球、愛世人、尊重所有生命。只有相信這種愛的層次和質量，我們才能停止製造垃圾，包括說話、關係、消費、思想、飲食等等，並懂得定期清理自己，把垃圾轉化為愛。

修養的核心原則，是要喚醒良知和良心，願意堅守憑良知做事、憑良心做人的原則，不因外在或內在因素而動搖。失去這個原則，或者原則輕易動搖的人，自然陷入混亂、貪慾和懶惰，難以愛，做好一個人。

要對自己的情緒、感覺、決定和言行負責任，這是一個成熟、自愛的人的核心態度。

在自愛的過程中遇上挫折，想放棄時，容易陷入一種謬誤的想法，以為那些自愛的條件和內容只有聖人才能做得到，我們不過是平凡人，做不到是正常的。

別迷信聖人，聖人根本不存在，它只是概念、想象和慾望投射出來的產品。

一個普通人也有能力把垃圾變成正能量，這並不是奇蹟，不過是自我管理和修養的結果，可以透過後天努力、自我反省和投放時間修養得來。

我們需要修養自己，不只是為了自我提升，也是為了地球。因為我們不夠自愛、不夠他愛，對世界和地球造成的傷害，已經到了不能不正視和馬上修補的臨界點。

別陷入受害者的思想牢籠，也別旨意成為拯救者。

在還未整理好、清理好自己前，別逞強要去幫助其他人，墮入濫發愛心和消費慈悲的陷阱。

多為生活預留安靜的時段，培育自己心清眼亮，才能清楚、知道、明白、看見、聽到、行動，照顧好自己，愛好生命。

然後，把自己的垃圾，轉化變成愛的能量。

能認真地去管理作息、能量和情緒，便是能整合我們的身、心、靈三個層面，活出健全的、愛的人生。然後，這愛的振頻會引發共振，影響世界，令世界變得更美好。

02

修養是，不迷戀傷口

人會自製傷口，譬如得不到愛，所以傷害自己。

自我傷害的心態，吊詭地是為自我肯定。

因為被否定，失去生命意義，所以希望靠傷害自己，滿足自己有權控制生死的慾望，肯定自己剩下的最後價值，替人生套上最後的自主意義。

這是挽回生命意義的虛弱嘗試，負面得很，卻無法幫助你改變甚麼。

所愛的人不再愛自己，你埋首苦戀中，為了他失去自己。

找不到理想的工作，你喪失意志和沉淪，無力站起來。

理智知道應該努力改善自己，但實際上沒有方法和動力向前走，停滯不前空無奈。

治癒的方向，可以從內在轉化開始，借感恩的力量，着眼已經擁有的，而非執着已失去的。

不要迷戀過往的傷口，這可是心癮，也是慣性的病態。

不要認同受傷的那個舊自己，你每天都可以更新心情和想法，讓身心靈新陳代謝。

發現老是黏着相同的想法，表示紅燈已亮起，必須轉移視點，學習離開凝想和痛苦。

大部分的痛苦，都是不肯離場的結果。

沒有命定的不幸，只有死不放手的執着。

潛意識經常在試探你，想你墮入自我否定的思想陷阱。

你自覺差勁，沒得救，只是吊詭的判斷陷阱。

我們誰都同時是好人和壞人，有希望也很絕望，能進步也寧願退步，是天使也是魔鬼，會愛也會傷害，會說謊又討厭被欺騙。

別執着了。

要學習避免陷入負面思想的機會，譬如，審視自己慣性的問題和判斷，檢查自己是否在問一些答案是負面，或者否定自己的問題。這些問題，本身便是自我否定和自虐的陷阱，助長負面潛意識的惡勢力。

一旦陷入自我否定的陷阱中，你的意識便會和正面力量對抗。

你會變得越來越沒精打采，悲觀消極，不思進取，自討苦吃，甚至暗裏享受自救不遂的挫敗感。

返回內心觀照自己，問心，毋須問題和答案。

04

修養是，繞過思維

有一種狀態，是理智與感性的內在較量，令自己難以承受。

心病難醫，因為我們過分用腦袋去認同心病，用思考說服自己你的病是合理的，加劇了病情。

本來只是心的剎那反應，最終演變成堅定不移的信念，加上跟別人的病比較，理性思維誇大了病變，你確信你的病比想象中嚴重，感到絕望。

最有效的心病治療法，是繞過思維。

不要先從理性角度去類比和理解，而是從身體入手，關愛自己。

改變和強化自己的體能，釋放受困的能量，疏通閉塞的鬱氣和經絡。

能量轉移了，便不會過分沉溺於負面思想上。

修養愛，最徹底的方案，是心性修行，提升自己的心靈層次，和承受、付出愛的能力，不再泥執在關係的道德問題上。

心，是愛的發源地；腦，卻是愛的墳墓。

這是最長遠，也是每個人都要面對的路，一個人，勇敢走下去。

05

修養是，你是你又不是你

每個人的內心，都有很多互相矛盾又共融的情感和意識狀態，如懦弱、堅強、慈悲、貪婪、理智、盲目、自愛、自虐等。

這些眾多大大小小的自我，容易迷亂。

你可以把鬧情緒的那個自己抽出來。

想象被遷怒、中傷的那個你，是你又不是你。

在發生狀況事，若能立即將感覺置身事外，當作是發生在別人身上，可以跨越負面情緒。

也可以想象，受傷的那個你，正是小時候的你。

看着這個小我在傷心流淚時，隱藏的愛，會被喚起來。

你會先放下一切大人的得失怨懟，上前安慰這個無助的小我，一心為呵護他，保護他，讓他再現笑顏。

能這樣做，能量便馬上被轉化成正面。

小孩的心是單純直接的，感受到愛便會滿足，
哈哈一笑繼續去玩，忘記過去，活在當下。

你是你又不是你。

人生，原可以這樣簡單過。

負面情緒大到自己控制不了，應該釋放出來，還是壓抑它？

負面情緒是否跟負面體驗有關？如何能體察它們的源頭，靜觀它們？

保持觀照，是最重要和最關鍵的一環。

大部分人的困惑和痛苦，都是沒有覺知，看不清自己，摸不透別人，所以迷亂不安。

觀照自己最難做到，因為自我比天大。

你難於放下，變得謙虛。

我們不懂修心養性，尋找能靜下來的方法。

負面情緒的源頭，可以是負面經驗，也可以說是負面的慣性。

勾起負面經驗的事端，只是借來的催化劑。

負面能量太大時，若胡亂地釋放出來，可能連自己也承受不起，容易影響別人。

壓抑是萬萬不能，因為問題的源頭，正是壓抑。

學習先安定自己的心。心亂了，先定心。

若情緒超越了自己能控制的範圍，最好的方法，不是釋放或壓抑，而是無為而為。

無為，是不直接去回應情緒；為，是回到內心，找方法，穩定它。

觀照情緒，不認同，不判斷，讓它出現，把感覺放在心的位置，管它眼裏還有淚，呼吸還亂章。

每個人得靠自己尋找方法，法門有很多很多，關鍵不在法，而在你的用心和意願。

要相信自己有能力豁出去，海闊天空。

修心之路，人人不同，不用比較，勇敢上路便是了。

07

修養是，不介意別人令你失望

我們都想清醒，無懼面對問題。

那麼，修平靜吧，向負面思想說再見。

肯放下負面的慣性思維，稍為平定下來，便會回歸自己，回歸平靜。

這是每個人都有的本能。

可是，你還是太執着別人，讓別人介入自己的生命，打擾情緒。然後，埋怨別人令自己失望，讓自己白付出了。

這是計較，難怪費心費神，最終干擾了平靜。

別介意別人令你失望。

我們不是神，還是普通人的話，難免會令自己和別人失望，這是理所當然的，是自我膨脹的必然結果。

你愈緊張、關心和愛的人，愈容易令你失望。

我們都無法真正了解另一個人，哪怕是你最深愛、最親近的人，甚至包括我們自己。

感到失望，是你內心不平衡，大部分時間，對方都是無辜的，或者被你誤解了。

包容是很大的愛，先由包容自己開始。

己所不欲，勿施於人。

打開心胸，才能容人容己。

08 修養是，原諒和放生

因愛成恨，反映所謂愛的隱性真面目，不過是「仇恨」兩個字。

因為被欺騙，想報復對方。

滿腦子復仇的想法，竟令你比被對方傷害更痛苦。

失眠、不安、心煩、便秘、易怒、脾氣大、容易倦、吃不下，一下子老了十年。

愛這個字太誤人，讓人聯想到偉大，溫暖人間。這麼美好的存在，為何出現狀況時便大變質，因愛變成害？

你付出很多去愛自己，愛別人，愛世界，最終受盡傷害，反目成仇，不再信任自己，不再相信任何人，不再寄望世界會美好。愛的反面便成恨。

自暴自棄，想到復仇，同歸於盡。很多心理病，便是這種負面情緒反彈的後遺症。

愛，其實比你想象中脆弱，不可靠。

人生無常，偶爾甚至經常遇上不如意的人和事，最自然不過。

受傷害的原因，並非命運註定，而是我們對好有好報懷有過分美麗和幼稚的誤會。

我們以為所期望的道德，理所當然應該實現。

事實與想象總有落差，我們卻把責任推向命，推給以為愛着的某某，認定自己是受害者。

萬事都是他不該，錯在他，責任在他，他必須彌補，必須承擔，必須這樣那樣。

是這種想法，讓人痛苦，懷恨，甚至計劃復仇。

我不好過，也不想你好過。這樣的心態，真的會讓人好過一點嗎？

別傻，別人不好過，絕對不會讓你更好過。

能量是互動交流的，沒有人能獨善其身，大家活得好，比獨自活得好，更能讓人得到快樂。

人與人之間，原是互相依存的密切關係。

家人過得不好，你和伴侶的心情也會受影響。

愛人過得不好，你也會受感染。

所恨的人得到報應，你的良心只會強化惡有惡報的負面想法，惡念隨着別人的報應，在你心裏種下毒瘤。

因為別人過得不好而快樂，會漸漸失去純真感情，不再相信愛，不再付出愛，心裏只有恨，只懂佔便宜，怕理虧，自然也得不到愛的回應，不再快樂。

負能量是循環的，世界是圓的。

最大的愛，原是原諒和放生。

面對被欺騙、傷害或遺棄的傷痛，你可以選擇仇恨，也可以選擇憐憫和祝福。

仇恨令你浪費能量，被負面情緒荼毒自己，令你面目可憎，變成歇斯底里的情緒病患者。

原諒傷害你的人，你便得到自由，不再被受傷困擾，不再需要花精神計劃復仇，感染仇恨的陰暗力量。

讓該離開的離開，比死守然後怨懟，互相折磨，更能環保心靈。

原諒令你由尖刻變成圓融，將怨懟的緊張情緒，轉化成釋放的花朵。

不記恨的人，會有更大的愛的空間，享受愛的自由和甜蜜。

原諒能釋放心結，重拾自愛的生趣。

沒有選擇或執着復仇，最終都能豁出來，修補自己，變得更強壯，比以前更成熟和釋然。

若不能馬上放下，忘掉一切怨恨，也不用天天背負它們。

原諒自己的執着，原諒對方的有限。

放生彼此，路才能再度打通，向前多走一步。

原諒是最大的愛，放過別人的錯，接受自己也
有犯錯時候，接受別人也一樣，感謝傷痛帶來
對愛更大的追求和決心。

懷恨讓人變得醜惡，寬恕令人大方美麗。

一念之差，你是可以選擇的。

修養是，好好招呼壞情緒

為何我們都執着壞記憶、壞思想？

我們經常被負面情緒騷擾，無法打開困局走出來，於是慣性否定它，和它作對。

壞情緒和你之間，已習慣了彼此的存在，互相依賴，已經分不開了，難怪它老是來纏着你，你也老是放不下，不捨得它離開。

能量的流動很奇妙，要懂得讓它流過。打開門，讓它進來，像客人一樣招呼它，它便會滿足，願意離開。

當壞情緒、壞記憶跑出來打擾你時，不要否定它，順其自然，靜看着它，便可以抽身，不上心。

大方一點，招呼它，倒杯茶，讓它坐坐，讓它休息，它覺得被接受了，自會安然離開。

帶着微笑請它走，感謝它的到訪，祝它旅途愉快，以後不用再見了。

壞情緒只是想找個落腳點，接受它，請它走便是。

所有的出現，都是過客。好好地招呼過客，原是處理一切問題的方式。

不用否定，毋須認同或留戀，平靜自會出現。

很少人會歡迎痛苦臨身。

有一種修行的方式，是在黑暗裏「觀黑」，大方地讓痛苦進入，然後讓它離開。

原來很難做到。

難，是因為你否定了痛。

當痛苦來臨時，感覺太真實了，只想盡快趕走它，卻沒有能力。

不論是自製還是受災的痛，痛苦的感受都很真實，可痛苦的理由卻可以假，那是思想製造的。

你說痛苦是真的，因為曾經被傷害。

童年時被傷害過，帶着陰影成長，好不容易活到今天，你告訴自己，以往被傷害過的，不願再重逢。

於是追尋愛，以為在愛中會得到保護。可是，曾經被傷害的記憶，不幸地變成日後根深蒂固的惡習，在潛意識裏重複那深深的傷痕。

最恨爸爸的暴力，你對戀人卻越來越兇；最恨媽媽的尖酸刻薄和多疑性格，你卻活得越來越像她；最恨舊愛的狠心，你卻剝削一廂情願地愛你的癡情伴侶。

成長是充滿傷害的過程，太多外在負面因素讓我們受傷，但歸根究底，是我們太脆弱，經不起風浪，失去抵禦傷害的免疫力，感染了傷害的病毒，也去傷害人。

遠離受傷是本能，迷戀傷口是慾望，導致自傷傷人。

任何存在總有其善意的價值，傷害也一樣。

善良和強壯的人，會選擇相信事情再壞也有正面的訊息。經歷過不幸，更懂得珍惜愛與幸福；被狠狠傷害過，才知溫柔和慈悲的美麗。

成長的意義，是從傷害中學習愛。

治療師經常否定痛苦，叫你放下。宗教上師叫你驅除黑暗，説那是邪惡。

結果，你花了很大的氣力否定痛苦，再花更大的氣力趕走它。

最後，累壞了自己，流失了能量，痛苦依舊在。

我們內在都有慈悲，有足夠的能量包容痛苦，請信任身體能修補和轉化能量的神聖本能。

打開心胸，和傷痛結合，你便不再執着痛，痛便會慢慢消失。

11 修心是，讓自己動氣

遇到不如意事要發怒，能不動氣嗎？

必須出家到寺院去？閉關靜修一段日子才能超越情緒，不再被突變的世事影響嗎？

有人靠出家磨練負面情緒。能閉關一段日子，修養自己，當然很好。

活在集體精神緊張的城市壓力下，相信任何人都無可避免地容易動氣。

沒有人能完全不愁生計，不被大財團壟斷的市場影響生活，不被世上的不公義和悲劇所激動，不再執着，沒有慾望。

有人說，佛陀從不動氣，不執着，所以擁有自由。這大概是誤解。

在現實裏修心難，但也不是不行。

修心，是觀照當下被勾動的情緒。

世俗困擾勾動情緒，再正常不過，不然是對不
合情理的社會麻木、縱容或放棄。

不動氣太難，相信佛陀若要上班，也會動氣說
髒話。

讓自己動氣，但每次動氣後，馬上放下所發生
的，回氣，深呼吸，一笑置之。

這是凡人也可修煉的自由。

12 修心是，讓過去的過去

修心難，難在無法於情緒驛動的當下，保持覺知和平靜。

但我們可以在動氣過後反省，讓過去的過去。

把不值得放在心上、影響心情的日常瑣事，馬上從心頭洗掉，拒絕重複追思被氣壞的過程，更毋須向誰複述多一遍。

轉移精力，做喜歡做的事，做更有意思的事，自能忘記不快。

我們都是平凡人，難以不執着當下，但可以訓練自己，不依戀過去。

回憶是 Nostalgia，希臘文字根是 Nost-Algia，是返回痛苦（pain of return）的意思。

負面記憶容易變成我們的敵人。

接受敵人，向它溫柔地說再見，不回頭，向前走。

136 修心是，與他人並存的孤獨

心難靜，因為心散的緣故。

女士的眼睛很美麗，喜歡瞪大，左顧右盼，吸引異性，卻容易流失能量，心輕浮躁，失去重心。

習武之人氣守丹田，修煉內斂、養氣和定心。

可以從學習內斂眼神開始，感受身體內在的微細反應，令自己變得細膩，心定自閒。

假如你容易介懷別人對你的看法，可以坐在車廂內，觀想自己存在於一個獨立空間裏，身邊的人與自己無關。

你是孤獨的、實實在在的存在着。

下車後，感受自己一個人移動着，你有自己的空間，身邊的人也各自有自己的空間。

內斂眼神，感受與他人並存的孤獨，自然會細心留意到身邊的事物。原來每天走過的石級上長了不少植物，你竟然很多年也沒有察覺到。

向內望，回歸內心，平靜和愛，就在裏面。

14 修心是，懂得尊重靜

有人害怕靜下來無比寂寞的感覺，需要不斷說話，逃避安靜。

原來，我們不一定希望靠近靜，因為靜令人要面對自己的孤獨和寂寞。

不能安靜，便無法對自己真誠，無法接受自己，只好活在恐懼和焦慮中。

安靜，是讓我們活得真實，心定，培養不易受傷、害怕和喊累的力量。

安靜，能養精蓄銳，看得更清楚、更長遠，心眼更澄明，心胸更強壯，心性更美麗。

靜下來，是很大的學問和修養。

靜心的竅門，除了要願意靜，更要有尊重安靜的心。

修養的基礎，是懂得尊重。

帶着尊重的心對待靜，靜便會出現。

帶着尊重的心對待愛，愛便會出現。

帶着尊重的心對待任何人和事，安詳會出現，你會得到力量，不容易心驚害怕。

懂得尊重，是自愛和他愛的開始，能從尊重的心，獲得價值和尊嚴。

這樣靜修，很好。

不快樂，活在怨氣裏，是因為不想放下過去，沒有放眼現在。

人會吸引跟自己的痛苦原體類近的人，所以，很多戀人都是因為雙方不快樂的基因惺惺相惜而投緣，原來一直是痛苦在戀愛，不是你和他。

有些人不多說舊事，不記不快的回憶，不隨便判斷人或事，經常靜默和微笑，保持腦袋清潔，不藏負面事，不說也不聽他人壞話，尊重別人和自己的私隱，樂意告訴你他的夢想和開心事。

這些人的內心簡單，心眼澄明，擁有堅實柔軟的智慧。

這種人的能量很好，讓自己舒服，讓別人舒泰。

要遠離痛苦其實不難，只要忍心放下目前的不快，選擇離開讓你變得負面的現場和人事，大方一點，讓過去的過去。

抱抱當下已活壞的自己，安慰自己，給自己多一點愛和關懷。

別管其他人的事，別執着追究誰是誰非。

沒有人要為你當下的不快樂負責任，除了你自己。

每一刻都可以重新開始。

瀟灑向前，多走一步，海闊天空，世界可以很美好。

慢慢地，生命的神聖力量會擁抱你，回饋你，讓你感到入心的幸福，無言無為的平靜。

笑很好，能把無意中接收到的負面資訊一下子排走，洗滌身心。

再忙，也可大笑幾聲，這是很好的排毒方法。

看笑片，盡情大笑，將早已拉緊的臉部肌肉和上半身放鬆。

學習幽默輕鬆，開無傷大雅的玩笑，娛己娛人，甚至故意扭曲負面的資訊，變成好笑的材料，是嘲弄，也是面對現實。

壓力大的自由城市，總有以諷刺和嘲弄負面資訊的電視節目，釋放都市人的精神壓力，以娛樂、輕鬆的方式換換氣，把壓力笑走。

放鬆自己，改變死氣沉沉的氣氛，讓家庭或職場環境的能量，頓然變得明亮和輕鬆。

沒必要太嚴肅，質疑這樣做有甚麼實際效果，或執着是否能改變世界，這只會令你自討苦吃，無法放下。

面對逆境時，先給一個笑。

一笑百慮忘。

笑，是神秘的藥。

管你是苦笑、傻笑、裝笑還是開懷大笑，反正就是一種運動。

最真誠的笑，是眼睛的微笑，稍為拉開眼角的肌肉，讓它慢慢地放鬆，心自會隨着放寬懷。

這裏沒有秘密，是科學原理，眼角肌肉是由心臟控制的，你的心是甚麼，眼睛自然流露甚麼，騙不了人。

即使在最壞的日子，也讓眼睛微笑；反正，笑不笑也要活啊，你可以選擇活得更美麗，讓自己和別人更開心。

17 修心是，修成喜悦心

靜心的其中一個秘密，是讓自己平靜地喜悦。

自虐的人活得過分拘謹，沉鬱的人瞧不起追求快樂，覺得那是膚淺的，沒深度的追求。

當追求快樂只為滿足慾望，變成追求剎那官能刺激時，當然不可取。但人有追求快樂的本能和權利，正如人有追求愛的本能一樣。

要分辨膚淺和深刻的快樂，可以用快慰和喜悦來表達。

快慰（Pleasure）是表面的，可由受取（Take）得到。

喜悦（Happiness）是深刻的，只能由施予（Give）達到。

只求快慰，可以迷亂人心，造成道德問題。

追求喜悦，卻是道德權利，能安定人心，正如活在愛中的人感到平靜、安心一樣。

人有追求喜悦的靈性需要。

不要只為別人付出和着想，不要光為愛而經營愛。

當你的心還沒有定下來，活在因愛不遂的惶恐中時，沒有喜悦的愛，不是愛。

尋找內在的喜悦，純粹的開心，無條件的快樂，像孩子的笑聲一樣動人，不需要理由。

得到喜樂很難嗎？不，視乎你的慾望，是否知足。

知足常樂的道理，大家都懂，只是做不到，是知道但做不到的死穴。

返回身體，尋找能令你安心、定心、變得純粹的內在平靜，提升覺知，觀照自己，不下判斷，喜樂便隨時隨地在心裏。

只懂追求官能快樂的人，不見得真正開心和滿足。

靠物質消費購買快樂，靠毒品、狂野派對、亂性放縱得到剎那的快感，只有快樂的身體反應，沒有快樂的心，這是自欺。

像服了不合適的抗抑鬱藥一樣，身體是沒了反應，心還是感到憂鬱，壓在心裏，無法跟人分享，這是情感與身體割離的後果。

快樂，若是靠縱慾或藥物得到的話，是身心脫離和虛弱的反應，你沒有得到真正的滿足。

真正的內在喜悅，能讓你感到內外完整，心神釋放，心胸打開，不懼不怨。

喜悅是腦內產生特殊的 α、θ 腦波，分泌快樂荷爾蒙安多芬，俗稱腦內嗎啡，能與自己的潛意識溝通，靈感和創意湧現，細胞更新，像復活一樣高興。

高興，是一種情緒高漲的狀態，身體、情緒和思想都處於正面積極和高創意的狀態。

散發喜悅腦波和能量，能感染身邊的人。

快樂的人，特別惹人喜歡靠近，人見人愛。

喜悅，是愛的奇妙感覺。

喜悅，必然是內在的，不是追求外在的激情。

它平靜、無限，偌大如海洋，平靜如湖水，力量強大，充滿愛的能量，足以製造生命，延續生命。

你未能感到喜悅，因為慾望還未滿足，心願未償。

喜悅，令你不再執着得失，懷着遺憾的心情過活。

盡過力，做了自己可做的，便應該隨緣，面對和接受。

知足才是最後的福樂。

懂得放下執着，人生沒有真正值得遺憾的事。

別將心願未圓的遺憾變成執着的慾望。

人不一定要達成心願，不一定要得到所想所求。

心願和慾望，本來便是在人快要絕望時，提供求生的希望，補給快要燃盡的意志。

心願是夢，也是補充能量、更新細胞的種子，把生命延續下去。

修成喜悦心，比追求甚麼都滿足。

幸福的秘密，不是要知道生命的大道理，而是學習放鬆，享受最簡單的生活。

我們欠缺的，也許不過是一個能讓自己放鬆、自在、唱歌和做飯的家。

尋找讓自己安樂、受庇護、再愁也有溫暖擁抱的家，是人最基本的追求，甚至可以説，是生活最大的享受。

家，可以是最愛自己的地方。

活得不快樂，不只因為外在環境，更多可能是回家感到壓力，找不到溫暖和支持。

甚至以為，找個愛情對象成家，便能逃避原有的家。

這是離家出走的心態，並沒有安家的基礎。

家，跟愛一樣，其實都不能向外尋求。

快樂和安心的關鍵，都不能光靠別人給予。

一個安樂的家，最重要不是成員是誰。

單獨一個人，也可以成家。

最安全的家，絕對不是住宅的價值，而是讓自己安心。

最安全的家，原是自己的心。

可我們沒有安好自己的心，那個家，很少歌唱、歡笑和關懷。

我們都忘記了對自己好，甚至根本不懂得如何才能讓自己感到自在和放鬆，妄想世界變，要求別人遷就自己。

壓力大、心不安的人，不妨適當地放過自己和別人，給自己找一個能安靜獨處的空間。

家，是讓人安心離開的地方。

家，是讓人安心回來的地方。

家，可以是一個人最後的歸依。

所謂歸依，是能讓人安心在外邊，逍遙於出走與回來之間。

出走，是心靈上的出走，也是現實上的離家，是更生生命的過程。

世上沒有一個外在地方，能給人安全感、自在感和最大的信任。

一個家庭，可能只是幾個人聚居的關係，通常反而是製造問題和不安感的源頭。

內心平靜和安穩的話，住在哪裏，也能安心和自在。

家，應該是最自由的地方，可以做你想做的事，能在出走後回來。

沒有家，經常在外邊跑的人，容易心態漂流和失落，很難跑得自在。

家，不管在哪裏，不管是否固定，也是屬於自己的空間。

歸家，是讓自己感到自由，可以放下其他。

放下手上心頭的不快，回家，安靜自己。

靜聽音樂，抽一根煙，沏一壺茶，愛撫寵物，關燈看星星。

能有這麼歸家的一刻，自能擁抱自己，心安理得。

北歐流行的一種快樂生活哲學，叫 Hygge。

Hygge 讀音 hoo-ga，丹麥字彙，解作「對溫暖、舒適生活的着迷與追求」。

是幾個朋友在家點着蠟燭，分享紅酒和自煮私房菜的溫暖聚餐，也可以是選擇一個地方呆下來，把它當作自己的家，隨便泡泡茶，喝杯酒，躺在梳發上滑手機、畫幅畫、聽音樂的美好私密時光。

Hygge 是一種自愛、自在的生活態度，擁有自得其樂的生活方式，懂得為自己創造快樂，同時也為身邊人製造親密交流的溫馨時光。

它不是自我放縱或無所是的虛無態度，而是懂得為自愛創造幸福和滿足感的自我療癒。

提升溫暖感是重點。

當你們同在一起，會重視面對面交流，不是各自各玩手機群聊或看影片。你會喜歡親自下廚，拒絕製造大量外賣塑膠廢物。

另一個重點，是回家，回家過好日子，製造可親可戀的感覺。

當戶外長年冰冷，回到溫暖的家，做喜悅的事，是治療北歐抑鬱症的藥，也能拉近隔膜的人情關係。

有人對出軌伴侶的不捨，不是因為還愛着他，而是捨不得和他的家人已建立的親密關係。但是，家人般的親密感覺，不一定需要靠伴侶提供，你也可以自己建立。

結交能親密的朋友、喜歡熱鬧家庭的朋友，多到他們的家聚會，他們的家人，就是你的家人了。

打開自己的心，在同事間、朋友間，建立這種互相給暖的親密愛。

伴侶未必能常伴身邊，給你溫暖和愛的感覺，朋友或許更適合滿足你的願望，締造溫暖和熱情的家人關係。

你想狂歡大笑，總是在家裏才自如。

抱一束鮮花，帶兩瓶紅酒，各自帶一道菜，帶上親密伴侶或好友，一同到朋友的家作客Hygge，分享笑聲和溫度，不亦樂乎。

12

修行是，未能放下先放好

執着令人痛苦。

執着是很神秘的心理狀態。

執着是放不下，通常捨不得放下的，都不是對自己有益的人和事，而是相反。

愈傷害自己的，愈捨不得放棄。

放下難，需要修煉，把慾望放得很低，很愛自己，自信很強才能做得到。

世俗人，很難在短時間內放下執着。

但我們可以先學習放好。

放下難，便先放好，把傷痛或困局放在心的一角，不用否定它，讓它在那裡好好休息。

放下跟放好不同。

不是每個人都有足夠的勇氣和力量能放下執着，因為放下後，要面對自己一無所有的孤獨，可能比執着更難受。

放下，是一種修行，也是終站，不過可以先途經其他地方，別急於一步登天。

放不下，是因為不忍放棄或放手。

有時，否定問題比容忍它更容易，愈想放下愈執着，愈痛苦。

放好，是較人性化的處事態度，更容易，更可行。

放好，是安放好困局，然後，把能量轉移到別的事情上，做讓自己起勁的事，喜歡的事，讓自己感到自在，自由，不再有顧忌，感到充實和放鬆，毋須再為未能解開困局而持續受壓。

放好，沒有否定問題，也沒有勉強自己改變。

放好，只是把困擾自己和暫時不能解決的問題，擱在一旁，先做別的，把能量轉移到其他事情上。

放好，就像我們把捨不得扔掉的東西，找個地方先藏好，和它重建和平關係，但不用太親近。

讓時間流過，待彼此都有所經歷，大家都會改變。

事過境遷，心態不一樣了，放下便容易得多。

某年某月，再把東西拿出來，大概可以怡然地放手。

放好，並不意味鼓勵收藏。人總不宜積累太多東西，包括物質和壞記憶。

可以減掉的，都應先減掉。

放不下是執着，把能量過分集中在某處，沒有平衡其他的需要，導致情緒不平衡，沒有照顧好慾望和需要。

能把衣櫃內三分一的衣服和鞋履轉送或扔掉，便能改善三分之一的壞情緒，心胸也會擴大三分之一，人便輕鬆簡單多了。

不能放下全部，也應盡量減少擁有，這是很管用的修心方法。

要讓時間過，要讓自己經歷，讓難放下的沉澱。

20

修行是，接受本來沒問題

我們並不夠自愛，常常忘記感恩，只記得埋怨，愛得缺氧。

見過有人經常想象會遇上不幸事，甚至借助自我修行去勾起內在的黑暗，既抗拒又期待，希望它們快些出現，確定自己的悲劇人生，這是病態。

所有多餘的思想都是病態，毋須重視它，不要給自己追求病態的藉口。

人人都有潛藏的或顯露的病態，讓它來，讓它消失便好了。

我們可以這樣看：每天的自己都是新鮮的，每天感受自己，重新孕育愛自己，愛生活，愛活着的感覺。

其實可以把腦袋掏得空空，心盛載得滿滿，最美妙不過。

可是，我們都慣於做相反的，慣性執着想法，一旦發現腦袋裏沒甚麼可抓緊，找不到理由去感謝便不習慣，覺得一定有問題，不會沒問題。

這種陋習，這才是問題。

我們不知道，原來想多了是病，可以把你全然改變，扭曲生命。

本來無一物，何處惹塵埃？

問題都在問題裏。

21 修行是，感謝一切的發生

只有有情感的動物，才會分享喜與悲。

只有有情感的動物，才會愛，為同類、為地球奉獻，甚至犧牲。

情感，是高級進化的生物獨有的本質，它雖然偶爾帶來情緒不安定的時候，但它有更正面的功能。

情感，能帶來無價的安慰和喜悅，讓活着更有價值。

我們常困在負面、悲觀的思想，悲痛人性的醜陋，感到無助和難受。

感謝世上諸多悲慟天地的災難，讓擁有太多的你我，深深感受超越個人情感的愛，重新檢閱生命的價值。

人性有太多不完美，人生有太多不如意。人生無常，可醜可美。

純粹的美不怕遭受破壞，因為更多的美麗，在破壞之後發生。

接受人性善惡同體的真實，好好擁抱生命給我們的一切。

感謝，是最強大的治療。

感謝父母把你帶來這一生。

感謝包容你一切罪業和幼稚、對你不離不棄的愛人，是他透過慈悲的愛教你成長，做個像樣的人。

你要回報他，不離不棄地，從學習愛的過程中進化人生。

感謝供養你活到今天的一切，讓你還安好，有機會修養自己，活得更好。

感謝還活着，身邊還有你愛和愛你的人。

感謝淚水，讓你活得更強壯。

感謝傷害，讓你變得更善良。

感謝災難，讓你更謙虛，包容和平等，珍惜眼前。

能活着，已經是愛。

一個有用和成熟的人，都會選擇靠自己經歷，不走別人給你安排的路。

他會一步一步走過去，走出來，不小看小事情，做好最卑微、最基本的事。

親身經歷，生命才是你的，經歷是你的財富。

要看清楚一個人的人格，必須看他如何做最基本的事情如吃飯，如何對待身邊最親的人和地位低的人，看他是否浪費亂揮霍，太重視面子，渴求被崇拜，在利益當前是否會變面。

別迷信任何人，別只看他的表面，聽他所說，看他所寫，這些都可以虛情假意，都不全面。

但要再看深一層，看清楚一個人的真面目，看他是否有定力、有力量，必須看他遇到難關時怎樣度過和處理。

沒有經歷過難關的人，你看不到他真正的面目，他也看不到自己是誰。

你要經歷過難關，才能看到自己是不是有用的人，是否能獨立處理問題，能處變不驚，你是否如想象中的那個你。

要給自己挑戰，別停留在舒適圈太久，死守安逸的生活。

遇上難關，不懂應對時，你有可能需要別人照顧你，替你清理和承擔。處理不當時，可能已為別人添麻煩。

我們不是一個人活的，你活壞，別人也不會好過。

我們需要持續地修養，檢閱自己，才能長智慧，看到困擾和痛苦，不過是思緒混亂和偏差的結果。

別害怕艱難。

我們有方法能令自己清晰、不混亂，雖然並不容易。

我們有太多陋習未清理、未調校、未改善。

修行路，能激活抗拒和惰性的心魔，令你質疑、反辯、想放棄。這才是難關，不是修行的方法本身有多難。

活好，從來不容易。

地球上哪有一條生命能從容一生，不愁危險或溫飽？

看生命的奧義，看自己的渺小與強大，有助我們回應生命的價值問題。

別怕做人難，難不是躲到混亂去的藉口。

23. 修行是，保護好一條小河

可以的話，奉獻自己。

讓自己健康一點，死後還有健全的器官，可以捐贈有需要的人。

別讓自己病弱，死後污染土地。

能這樣活的人，不會害怕甚麼，也沒有多添垃圾。

追求感動生命的傻事，讓最簡單的事物逗你開心，不靠消費而滿足。

返回純粹的心去靠近人，靠近愛，奉獻自己，你的心自會變柔軟，提升溫度和人情味。

沒有任何一個人是單獨活的，生命與生命之間有緊密的關連。

地球是圓的，地球另一邊有難，也是我們這邊的難。

問自己害怕甚麼，面對自己的恐懼，勇敢地走出來，從此學習謙卑，這是你來此生的功課。

愛，是感謝有着身邊的人，因為還有山、水、風、雨、太陽、月亮、天空和土地而感動。

不要污染地球，不要浪費自己和別人的生命。

人生如果有成就的話，應該是減少對環境製造垃圾，包括你說的、想的和吃的。

擁有真愛的人，都擁有良好的人格，願意修養自己，回饋地球，回報生命。

我們能保護好一條小河，已經很有成就滿是愛。

別以為自己的問題很大，放眼看世界，我們其實很渺小。

別怕自己一個人，我們同在一起。

24 修行是，不急於死守或結束

每個人都有悲喜參半的際遇，完全沒有起伏的人生，才是被命運遺棄。

怨命的人，以為自己被遺棄，其實更多是你先遺棄了自己，瞧不起自己，視生命為負累。

有些人選擇結束生命，不想承擔和忍受逆境。

這樣並沒有改變問題，也許是解脫，可能是負上更大的債，生命未完成的債，親人為你傷心的情債，讓在生的人承擔你未完的業債。

死亡，是一條生命的離去。借鑑別人的離去，反觀自己的生命，也許能對生命帶來啟示。

我們看見甚麼，準備下一步怎樣走，視乎自己的心態。

太多世事沒緣由的發生。

活着的責任，不是去搞清楚生命的意義，讓自己活得舒服，或者避開挫折。這不是有福的人生，也許只是浪費能量。

遇上挫敗，先別埋怨或徬徨。調整心態，才有後勁看以後。

毋須急於絕望，急着放棄甚至死。

拒絕絕望，是拒絕迷信，重建自信的意志。

變好的轉機，不是心灰意亂的眼睛能看到的。

明天、下個月、一年後、兩年後，別有天地，這是生命和地球軌跡的奧秘。

別急於死守或結束，不如隨時重新開始。

給自己一個情緒緩衝期。

找朋友訴説，找治療師幫忙，他們不是你的醫生，你也不是病人，你們只是地球人關係，互相幫助，分擔喜樂與悲傷。

沒有非走不可的路。

心打開了，會看到從前看不到的出口。

這是轉換能量的關口，也是希望的窗口。

分享自己的好，少管別人的不是。

修行是在生活中踐行平靜和愛。

每個人的修養步伐不一樣，能同步走，是很大的緣分。

別只看別人走得比你慢，或者害怕別人走得比你快，

修養自己，才能看穿出現在身邊每個人的緣機和意義。

困局從來在心態，不在外邊。

在還沒有智慧看透前，不要花心力先去否定一切。

成長，是學習冷靜和平靜的過程。

學習內斂，別向外胡亂流失能量。

付出，是需要智慧的。

每個人都要對自己的選擇和感受負責任。

人生最大的修養，是沒有為世界帶來不必要的廢物。

和自己做好朋友、好情人。

要狠心地向悲傷說再見，

相信更美好的正在等待自己。

學習和自己愛在一起，體驗孤獨的美麗。

在心亂迷失時，盡量避免作出任何重大的決定。

繞一個圈回頭看，別有天地。

我們掌握不了天災人禍，但可掌握自己。

別自怨自艾，跟別人比較，自命受害者。

即使真的有輪迴，也要先活好當下這一世。
人只得一世，你活成怎麼樣，也只得一世。

學習欣賞平靜，享受孤獨。

得不到愛可以先付出，回頭看，見執着。

先放下做不來的事情，做別的。

命是選擇，不是天意。

人不只為自己而活。

給自己和別人多留餘地，

大愛是

01

大愛是，慈悲

懂自愛的人，都活得心滿意足，有能力對自己和別人寬容與微笑。

感謝生命帶來的一切，盡自己所能給生命最好的一切。哪怕生命隨時走到盡頭，也無悔今生，已準備好上路，走完一生。

懷大愛的人，會自愛，感謝生命，尊重死亡，即使隨時離開人世，也早已沒遺憾，只有無盡感激。

懷大愛，你願意為愛你的、你愛的人活得長久一點，更健康一點，樂於奉獻自己，因為你的生命不只是自己的，你的生命也是他們合成的。

你不只為自己完成自己，你更願意分享自己美好的一切。

能愛自己，珍惜生命，是一種福樂。

能放下自我，把生命交還宇宙靈性，融進眾生生命海，無我地奉獻，擁有這種心胸是尊貴的人性，也是尊貴的神聖。

懷着仁愛慈悲心，願意付出的人有很多，但未必能真正惠澤世界，因為光有心，不足以發揮力量。

你還需要純真的分享心、平等心及更重要的洞察力，才知道到底別人真正需要的是甚麼，不致一廂情願地盲目奉獻，因愛成害。

心術正氣、能量強大的人，有條件為別人和世界付出優質的愛。

願意無私地分享自己的人，能為世界帶來美麗的改變。

這大愛，是慈悲。

02 大愛是，先做個合格的人

先做個合格的人，才有能力活得好，愛得好。

合格，意味着你做好本份，以最基本的良知和包容的態度，跟自己生活，和別人共處。

管理自己的人，才算是成熟的人，願意長大和負責任。

沒必要追求成為偉大、完美、知名的人，先達到做人最基本的要求，做個合格的人，才能多走一步，利己利人，不為別人和世界添亂添麻煩。

成熟的人，會願意做個更好的人。要做到，不只靠努力，更需要修養。

別爭論其實人原本已經足夠好，要變得更好，只是思想遊戲或慾望的執着。這是時尚流行的靈性辯論，沒意思的。

先看清楚自己的真相。

能活在自足內，不欠缺也不用變好，是已成道的人，我們還差萬丈遠。

先落地，反省自己，別把自己的道行妙想得太高。

一個振頻，需要和其他共存者產生奧妙和強大的共振，才有足夠的能量孕育、豐富和進化生命，這奧妙的共振能量，名字叫愛。

修養自己，要在和別人的共處中，不能孤芳自賞。

你永遠不能待自己已清理好、調校好、修養好，做到完全合格，保證不再犯錯，能散發優質愛的振頻後，才去愛和照顧別人，跟別人相處。這是幼稚、不切實際，甚至是想逃避的藉口。

談修養、談愛，離不開一個基本條件：你要活在人群內，不是獨善其身。

一個人只懂得閉關修行難有長進，容易流於自我幻想，自我感覺良好罷了。

離開人群去談人格的好壞，行為的對錯甚至愛，沒有道德價值和意義。

要看自己是否真的在修養，是看自己是否主動地、誠懇地、謙虛地、勇敢地在與別人共處的過程中，邊學習、邊失敗、邊修正。

和別人共處，才能實實在在地檢測自己，哪裏還粗心、混亂、自私或無知，哪裏需要微調或大修。

用謙虛的態度，在和別人共處的磨合過程中，自願改善自己的弱點，不斷學習，追求進步，不滿足於停步的安逸。

別以「先修養好自己才去跟別人相處」作逃跑的藉口，你不過想避開和別人眼對眼、面對面磨合時必然遇上的挫敗。

別假裝完美主義者，其實不過是逃避挫敗的懦夫。這種人，不合格。

成為合格的人，要承擔和尊重自己，肯定你是誰，對自己的身心狀態承擔責任。

要看自己是否合格的人，需要養成自我反省的美德。

- 你多久沒有説過謝謝？

- 你多久沒有説過對不起？

- 你是否老是覺得社會、家庭、愛人、老師、朋友都不理解你？

- 你是否覺得誰都不聽你？

- 你有聆聽別人嗎？

- 你的責任是甚麼？

- 你有人生目標嗎？

- 你知道自己的能力嗎？

- 你知道自己的弱點嗎？

- 你知道自己的慾望嗎？

- 你到底有甚麼用？

- 你的死穴是甚麼？

- 你懶惰嗎？

- 你經常奴役自己，不能停下來休息嗎？

- 你每月花多少錢？知道具體花在哪嗎？

- 你有做家務嗎？煮過飯給家人吃嗎？

- 你懂得和願意照顧自己和別人嗎？

- 你身上有多少名牌？

- 你覺得自己很窮嗎？

- 你覺得自己幸福嗎？

修養中最難覺醒的關卡，是言行一致。

很多人缺乏覺知，看不到原來自己道理說得容易，卻從來沒做到。

你可以很快速地掌握大堆修養和修行的道理，帶着快感，洋洋自得地複製它們，加工變成自己的人生哲理，開課過老師癮。

別讀過幾本談人生、修行、覺知、內觀甚麼的大師名著、道理和理論，便上身似的以為自己已通透明白，充當專家。

能說得出，不代表能做得到。有人甚至擅長「想過了便當做過了」。

其實我們更多是講得出，做不到，空談漂亮的大道理，令自己感覺良好，向別人說教成癮罷了。

沒幾個人能真正言行一致。

沒幾個人能時刻覺知自己，所想所說所信一致，因為要做到，需要非常澄明的心性、強大的勇氣、意志和覺知力，光明磊落，不落怠漫，不能自欺。

人性中的貪與懶，會讓人傾向選擇當小人而非君子。

不少自認修行者，私下的行為和品格，正是他們所說的相反。人的分裂和虛偽，不過如是。

修養不是理論，修養永遠在生活、實踐、行動和反思中，在人群中培養和發芽，這是漫長的學習路。

言行不一，是源於偽裝、逞強和逃避，更深是恐懼。

問自己害怕甚麼。每個人都有某些限制，不管你擁有多強大、聰明或優厚的條件。

往往是潛藏的恐懼，形成相應的際遇。

04 大愛是，從自愛修成大愛

愛是自我了解和發現的終身旅程。

愛讓我們經歷成長和改變，尊重生命和自我修養。

要自愛，必須先熱愛自己的生命，同時不能只愛自己的生命。

自愛，離不開尊重地球和眾生的生命，把個別的愛提升到眾生的大愛。

修大愛，必須在現實中實踐，而非紙上談兵、說得漂亮的大道理。

人不是單獨地活，生命不只為自己。

我和你、我和社會、我和地球是一體，任何一方活得不好，也會影響其他。

自愛讓人調校自己，重組生活。

調好穩定、能分享的愛的振頻，能給我們力量和能力，重組家庭和社會，尊重生命分享愛。

帶着愛的人，會拒絕浪費，順應自然而改變、發展、進步和延續生命，感恩地回報生命，從自愛走向更大的愛。人與天地，生生不息。

世上沒有理所當然的幸福和施予，一切都得歸還。

由自愛到大愛，除了是讓自己做個更好的人，活得更好外，同時也是為別人好，惠澤自己和別人的生命。

你願意嗎：

- 愛自己同時學習去愛別人。

- 獨立、自處，不求依賴。

- 學習照顧自己。

- 學習照顧和愛你的家人和伴侶，不等不拖。

- 先改善自己，才有資格向別人提出要求。

- 學習承擔責任。

- 對自己的情緒負責任。

- 對自己的言行負責任。

- 願意管理慾望。

- 發掘自己潛藏的好壞,發揮或改善自己。

- 適當地付出,照顧別人的感受。

- 愛地球,拒絕浪費。

- 少說廢話,多行動。

- 常懷感恩心。

- 修養自己的品格和脾性。

- 統合分裂的自己。

- 言行一致,光明磊落。

05 大愛是，為釋放生命而出走

出走跟離開不一樣。它們是兩種不同的心靈距離和態度。

離開，是地理性的距離；出走，是心態的、走動的、勇氣的、決志的、身心結合的，比離開更徹底，層次不一樣。

每個人一生最少應出走一次。

出走，是為更生生命的一次選擇，跟旅行散心跑景點不一樣。

旅行是興奮的，帶着出軌的感覺，但心裏明白那是短暫的，只為散心，總會回來。

出走，是歸心，回歸內在那個正待開發的自己。

出走，是重新發現自己，跟自己建立親密關係的旅程。

有人害怕出走，寧願留守，也許不知該如何面對踏進新天地裏、身心釋放後的自由。

泥守於困局中，只因沒有決心出走，更生生命。腿沒動好，眼沒開放，心沒打開，自然停滯不前，沒看到出路。

出走，是出去、走開，毅然地、義無反顧地、計劃周詳地，一個人籌劃，一個人重活自己，沒有比這更負責任的重整人生體驗。

一個人出走，不特別做甚麼，不上課學習，不參與儀式，甚至不走進人群裏，不被別人安排自己。孑然一身，獨自上路，全然打開屬於自己的五官，釋放你誤以為統一、固定、被標籤的那個所謂「自己」，還原內在的多元性。

只有不經過別人的思想過濾或洗禮，你會豁然發現，最純淨的自己將會浮現，原來自己有那麼多面孔、心思和層次。認定這些分層的自己後，你已準備好身心學習安靜，靜心接受自己的一切。

然後，你可以回來了。

出走，是為回歸生命的原點，更成熟地，重頭再來。

06

大愛是，向大海學習愛

海是最好的治療師。

海擁有獨特的振頻，跟人的振頻相呼應。

人在大海前能減壓、放鬆、洗滌、清理、豁開、達觀，把過去現在、身心內外清潔乾淨，重啟能量。

每個人都有一種獨特的振頻，能跟與這振頻產生共鳴的地方和人在一起，自然感到舒服、解脫和放鬆，像回到前生一樣的熟悉，像回歸母親的子宮一樣安全，感到被愛，和世界再度融合，讓自己回家，自在。

哪裏來的力量能推動大海？是宇宙的能量和愛。在大海面前人太卑微，只能謙卑。

人必須謙卑，幸福感和愛的感覺才會滲出來。

靠近海邊或海岸線旁，讓海浪獨特的搖擺振頻療癒自己，強化生命能量。

地球大部分面積都是海。海的力量很強大，它跟月亮和宇宙有親密的關係。

沒有海，風和氧氣不能交換，也不能孕育和滋養生物。

海能靜能動，陰陽共融。水是陰性，匯聚成海便成陽性，陰陽融合，便是海洋的力量泉源。

人跟海水的潮汐漲退配合和靠近，也是跟體內的水靠近。

體內的水不是靜止的，不是湖，它是海，可以隨着情緒和身體變化，順應變勢。

水跟我們的心胸很有關係。

假如你只是一條小河或小溪，可能會較小器，當然它們有它們的安靜，聲音很好聽。

假如你是湖，可能容易憂鬱，它不動，雖然很安靜。在西方，有湖的地方風景都很好，很多人喜歡的退休地，可那裏的自殺率也挺高。

假如你是海，你會打開自己。

海邊的文化都是打開的，歡迎的，會跟你說「來吧，歡迎你」，很大方。

假如你是山，相對於大海，會比較封閉，缺乏往外闖的情操。

海邊的地方，往外交流、貿易的活動特別多，人特別靈活，能變性強，文化思維富彈性，愛創新。

創新的能量像海一樣，收放自如，如潮汐漲退，在不規則中蘊藏內在的規律。

大海原是水點，落入海裏，水點還在嗎？在，但是無法分辨在哪裏，水點已跟海合一。還須要辨別是水點還是大海嗎？

水點投進大海，是一種修養。

當你跳進大海裏，你甚麼都不是，你很渺小，但是你和海馬上變為一體。如果我們抱有相同的心胸，便不會執着自己是甚麼，別人該怎樣對待你。

大海裏，沒有你，沒有我，只有我們，不管發生甚麼事，也在一起。我們沒有甚麼了不起，不過是海裏的一點水。沒有這點水，沒有這個海。

看清楚自己的渺小，只是宇宙的一分子，力量卻可以浩瀚。

柔柔細水，來自生命的源頭，是子宮裏的水。

看水的滲透力，一滴水可以穿越石頭，滲透性超乎想象。這是水細膩和溫柔的力量。

細膩的愛，能練出海邊石頭的溫柔。

有機會去海邊的話，去看海邊的石頭。

在人類沒有存在以前，石頭已經存在了，地球有多久，它便存在多久。

石頭看過的肯定比我們多，它承受風雨的能力肯定比我們強。

向石頭學習，還要學懂看到海邊石頭的溫柔。

海邊的石頭為甚麼溫柔？

海邊的石頭很光滑，因為每天都被海水愛撫着。再尖銳，再自我，海水也能把它摸純滑、變溫柔。

海邊的石頭是溫柔的石頭，你能看得懂海邊的石頭，便明白甚麼才是真正溫柔的力量。

連石頭那麼堅硬的東西，也可以被海水柔化，變得溫柔，這是海水陰陽結合的力量。

這種力量，也是一種陰柔的、母性的力量，它是愛的力量。

你必須親身去感受，看水如何能替生命洗禮，溫柔身心。

07

大愛是，面對自己別怕痛

不要害怕犯錯誤，別介意感到慚愧，誠懇地對自己和別人說「對不起！我真的做錯了。」

別活在過去。每個人都會犯錯誤，別因為害怕犯錯誤而不去愛。

回想我們是怎樣學走路，有沒有人不曾跌過便能走得穩？為甚麼那時候不怕跌倒，現在卻怕得要命？我們是進步了，還是退步了？

人害怕看穿自己的弱點，原來是怕跌倒。

面對自己很痛苦，刀一般割裂自己，發現這個「我」原來是這樣，比想象中更難接受。但是，吸一口氣，過這一關，你便能療癒自己。

療癒的過程肯定會痛。就像塗藥膏會痛，喝藥覺得苦一樣。可是療癒以後，便是放鬆和解脫。

面對自己不容易，尤其是瞥見自己的黑暗面後，靠自己走出來便更艱難。

在戀愛裏，看到最多的是自己醜陋的一面。你會羞愧，原以為是他不好，鏡子放在面前，你也一樣不好。

與其怨人，心胸狹窄，不如向曾經傷害過自己，或者被自己傷害過的人說句感謝。感謝他們的存在，曾經相伴走過一段人生路，教你學會更多的包容。

能從緣分中提升自己，看破執着，了斷前生積累的業障，這一生便沒有白來，你將得到自由。

我們常埋怨父母不好，其實我們經常重複他們所做的，我們不過是彼此的鏡子。

成長令人發現，不好的是你，不是別人。發現的那一刻是前所未有的痛，可超越了這關，便有重生的力量。

自療很值得，因為這樣，生命才能成長。

成長是生命的目的，過程會痛，痛過便是愛。

別害怕痛，陣痛後是新生，它是愛和成長的前奏。

不再剩下食物或暴飲暴食，珍惜每一滴水，別隨便大開水龍頭，用夠馬上關掉。

尊重和珍惜生命及地球資源，尊重大自然原生態。不吃野味、殘殺動植物、破壞大自然。

把衣履減少三分一，可以轉贈或轉賣。

為弱者、有需要、身邊的人付出和奉獻。別只懂捐錢，用行動做一點實事，對他們抱一下、笑一個，付出勞力和陪伴的時間。

主動報上自己的名字，做個肯定自己、堂堂正正、光明正大的人。

拒絕說謊、自欺欺人、自傷傷人。

停止製造垃圾，包括情感、關係、消費、說話、思想和飲食。

遠離發放負面振頻的人和事。

靠近正面、陽光的能量。

誠實、勇敢地清理自己已播放但變壞的種子，
認錯、道歉、善後、負責任。

把內在垃圾轉化成愛的力量，相信自己有能力
做到。

對自己不離不棄，不以任何藉口停止自愛。

珍惜無私地包容你、教你成長、做個像樣的人
的愛侶，對他不離不棄。

孝順及照顧父母，不等不拖。

感謝供養你活到今天的一切，包括你自己，謙
虛活下去。

好好愛生命，好好愛自己。

要讓時間過，要經歷。

有機會長大已是感恩。

佛陀和我們的分別是，

他選擇在和平內，我們還在徘徊。

我們無權介入別人的生命，管好自己的生命已很安慰。

先管好自己，才張看別人。

我們沒有道德責任為所有人付出。

包容是很大的愛，從包容自己開始。

即使無法為世界貢獻甚麼，也別為它增添垃圾。

我們只能祝福過去，感謝發生過的一切。

欠自己的，從來只有我們自己。

卻沒有智慧看穿一個微細的執着。

我們有智力否定一切去強大自我，

自我是最大的敵人，我們卻寧願成為它的伙伴。

便能瞥見更大的愛。

從傷口中提升愛，從悲慟中體味淨化和平靜，

人最大的盲點是維護自己的盲點，否定別人的盲點。

自愛是 　147

讓事情變成構想的結果。

事情便會受我們的潛意識影響，

我們花多少念力構想事情，

自卑，不是活壞自己的藉口。

悲觀，是養活不幸的食糧。

自憐，是縱容自己，嫁禍命運的手段。

要改變的是自己的心胸，而不是別人的思想。

我們沒有能力改變誰，能改變自己已經很慶幸。

沒有一個獨善其身的人真正懂得愛。

消滅心魔不是神的工作，而是人的責任。

成人成佛，是你選擇的結果。

我們其實很富有。

自愛是 149

有一種愛叫素黑

自愛足

self love is

著者
素黑

責任編輯
嚴瓊音

封面設計、插圖
星美子

裝幀設計
鍾啟善

排版
楊詠雯

出版者
知出版社
香港北角英皇道 499 號北角工業大廈 20 樓
電話：2564 7511　　傳真：2565 5539
電郵：info@wanlibk.com
網址：http:\\www.wanlibk.com
　　　http:\\www.facebook.com\wanlibk

發行者
香港聯合書刊物流有限公司
香港荃灣德士古道 220-248 號荃灣工業中心 16 樓
電話：2150 2100　　傳真：2407 3062
網址：http:\\www.suplogistics.com.hk

承印者
美雅印刷製本有限公司
香港觀塘榮業街 6 號海濱工業大廈 4 樓 A 室

出版日期
二〇二一年七月第一次印刷

規格
32 開（185mm x 130mm）